AUDREY WOOD

ilustrado por
DON WOOD

LA CASA ADORMECIDA

traducido por ALMA FLOR ADA y F. ISABEL CAMPOY

LIBROS VIAJEROS
HARCOURT, INC.
Orlando Austin Nueva York
San Diego Toronto Londres

www.HarcourtBooks.com

This is a translation of *The Napping House*.

First Libros Viajeros edition 1995
Libros Viajeros is a registered trademark of Harcourt, Inc.

Library of Congress Cataloging-in-Publication Data
Wood, Audrey.
[Napping house. Spanish.]
La casa adormecida/Audrey wood; ilustrado por Don Wood;
traducido por Alma Flor Ada y F. Isabel Campoy.
p. cm.
"Libros Viajeros."
Summary: In this cumulative tale, a wakeful flea atop a number
of sleeping creatures causes a commotion, with just one bite.
ISBN-13: 978-0-15-200053-0
ISBN-10: 0-15-200053-4
[1. Sleep – Fiction. 2. Fleas – Fiction. 3. Spanish language materials.]
I. Wood, Don, 1945– ill. II. Ada, Alma Flor.
III. Campoy, F. Isabel. IV. Title.
[PZ73.W65 1995] 95-1754

X W V U T S R Q P

The original paintings were done in oil on pressed board.
The text was set in Clearface Roman and the display type was set in Clearface Bold by Harcourt Brace & Company Photocomposition Center, San Diego, California.
Separations were made by Heinz Weber, Inc., Los Angeles, California.
Printed and bound by Tien Wah Press, Singapore
Designed by Dalia Hartman

Printed in Singapore

Para Maegerine Thompson Brewer

Hay una casa,
una casa adormecida,
donde todo el mundo está dormido.

Y en esa casa
hay una cama,
una cama calentita
en una casa adormecida,
donde todo el mundo está dormido.

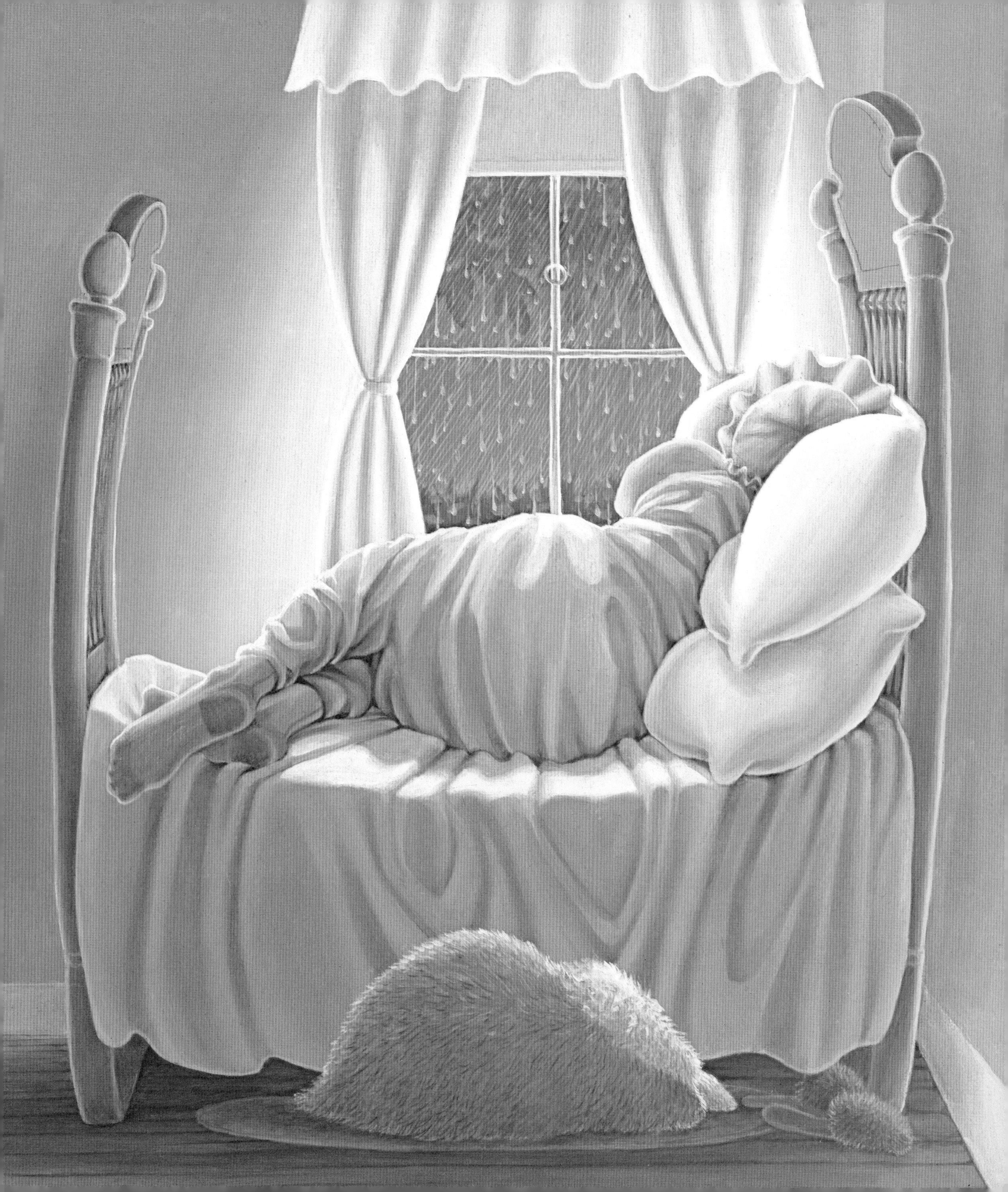

Y en esa cama
hay una abuela,
una abuela llena de ronquidos
en una cama calentita
en una casa adormecida,
donde todo el mundo está dormido.

Y sobre esa abuela
hay un niño,
un niño que está soñando
sobre una abuela llena de ronquidos
en una cama calentita
en una casa adormecida,
donde todo el mundo está dormido.

Y sobre ese niño
hay un perro,
un perro amodorrado
sobre un niño que está soñando
sobre una abuela llena de ronquidos
en una cama calentita
en una casa adormecida,
donde todo el mundo está dormido.

Y sobre ese perro
hay un gato,
un gato soñoliento
sobre un perro amodorrado
sobre un niño que está soñando
sobre una abuela llena de ronquidos
en una cama calentita
en una casa adormecida,
donde todo el mundo está dormido.

Y sobre ese gato
hay un ratón,
un ratón rendido
sobre un gato soñoliento
sobre un perro amodorrado
sobre un niño que está soñando
sobre una abuela llena de ronquidos
en una cama calentita
en una casa adormecida,
donde todo el mundo está dormido.

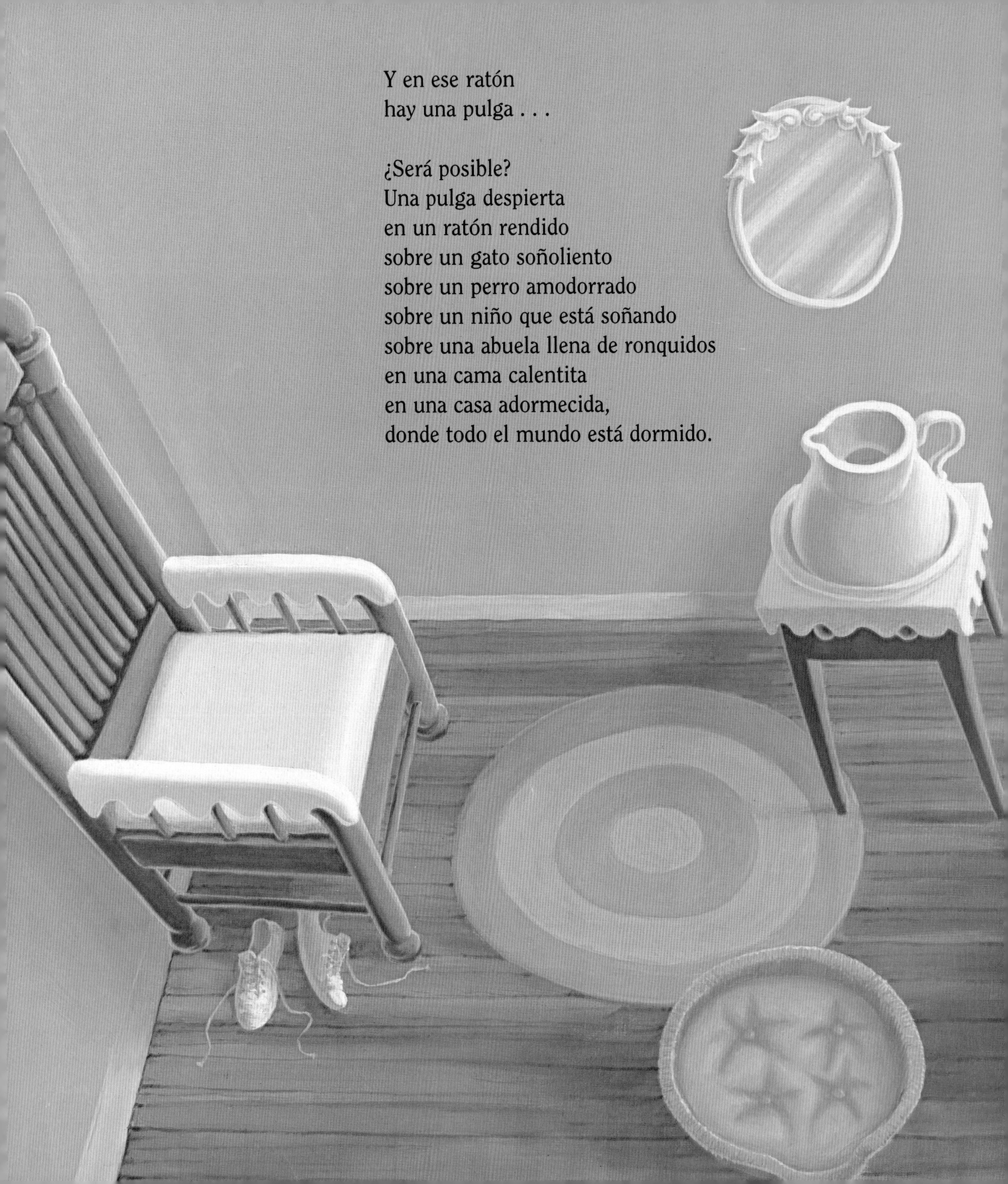

Y en ese ratón
hay una pulga . . .

¿Será posible?
Una pulga despierta
en un ratón rendido
sobre un gato soñoliento
sobre un perro amodorrado
sobre un niño que está soñando
sobre una abuela llena de ronquidos
en una cama calentita
en una casa adormecida,
donde todo el mundo está dormido.

Una pulga despierta
que pica al ratón,

que asusta al gato,

que araña al perro,

que cae sobre el niño,

que sobresalta a la abuela,

que rompe la cama,

en la casa adormecida
donde ya nadie está dormido.